LA SUERTE DE SER UN GATO NEGRO

Un cuento divertido para niños

A.P. Hernández

Sobre el autor:

Antonio Pérez Hernández es maestro de Educación Primaria (especialista en Educación Musical, Audición y Lenguaje y Pedagogía Terapéutica), pedagogo, Máster en Investigación e Innovación en Educación y Doctor, mención *cum laude,* por su Tesis Doctoral *Evaluación de la competencia en comunicación lingüística a través de los cuentos en Educación Primaria.*

Ha sido galardonado con un Accésit en el Premio de Creación Literaria Nemira y resultado Finalista en el Certamen Internacional de Novela Fantástica y de Terror Dagón.

Ha publicado más de 50 libros, los cuales han sido traducidos a siete idiomas: griego, alemán, portugués, italiano, inglés, francés y neerlandés.

En la actualidad combina su labor docente con la escritura.

Página web: http://aphernandez.com
Twitter: @ap_hernandez_
Instagram: @ap_hernandez_

Capítulo 1

Hola a todos.

Este que ves aquí soy yo. Me llamo Alfredo y tengo la gran suerte de ser un gato negro.

Tengo cuatro hermanos y unos padres maravillosos pero, de todos ellos, yo soy el único que tiene todo el pelo negro. Tengo el hocico negro, las patas negras, el rabo negro, la barriga negra y hasta las orejas negras.

¡Qué suerte la mía!

Se puede decir, que siempre he sido el gato negro de mi familia.

Mis hermanos Rubén y Carlos son blancos como la leche, mi hermana Ana tiene el pelo marrón y la cola blanca y mi otra hermana Leticia es tricolor. Leticia tiene un precioso pelo salpicado de blanco, negro y marrón claro.

Y luego están mis padres.

Mi mamá se llama Juana y es una gata gris, y mi padre Rafael es un gato negro y naranja.

¡Como lo oyes! NARANJA

Siempre me he sentido diferente al resto de mi familia.

Ya desde que nací, mis padres supieron que era un gato muy especial.

Como te digo, soy completamente negro. Negro como el carbón, como una sombra, como una noche sin luna ni estrellas.

Capítulo 2

Mis padres y mis hermanos vivíamos en casa de Mariví, una mujer muy divertida que jugaba con nosotros, nos acariciaba y nos daba toda la comida que queríamos.

¡Todos adorábamos a Mariví! Por eso, cuando se sentaba a ver la tele, hacíamos cola para restregarnos por sus pantorrillas, para acostarnos en su regazo y para darle un buen masaje.

Pero un día, todo cambió.

Yo solo tenía tres meses, pero mis padres decidieron que ya tenía edad suficiente como para saberlo.

Era el momento de hablar conmigo.

Mi madre Juana me llamó, así que dejé de jugar a policías y ladrones con mis hermanos y acudí al lugar de encuentro: el sofá. Mi madre estaba acostada en el cojín y mi padre guardaba silencio, sentado en el reposabrazos.

—Alfredo —me dijo—, tu padre y yo tenemos que hablar contigo.

Yo me asusté. Nunca antes había visto a mis padres tan serios.

—Escúchanos con atención.

Me senté y tragué saliva. Moví mi rabo con nerviosismo de derecha a izquierda.

—Alfredo —comenzó a hablar mi padre—, de verdad que no queríamos decirte nada, pero es algo que debes saber.

—¿Qué pasa? —pregunté, cada vez más asustado—. ¿He hecho algo malo?

—No es culpa tuya, Alfredo —prosiguió mi madre—. Es tan solo que…

Se produjo un silencio muy incómodo.

—Eres un gato negro —dijo mi padre al fin.

—¡Ya sé que soy negro! —dije, riéndome—. ¿Y qué pasa?

—Verás, hijito… Lo que pasa es que hay

personas… muchas personas a las que no les gustan los gatos negros.

Yo me quedé de piedra.

—¿Y eso por qué?

—Mucha gente cree que dais mala suerte.

Capítulo 3

No entendí la conversación que mantuve con mis padres hasta pasada una semana.

Mariví nos dijo que, aunque nos amaba con todo su corazón, no podía hacerse cargo de siete gatos, de modo que iba a buscarnos una casa nueva para mis hermanos y para mí.

Además, nos dijo que ya teníamos casi cuatro meses, de modo que estábamos preparados para independizarnos.

A mis padres les pareció perfecto.

—¡No podéis estar toda la vida aquí con nosotros! —nos comentó mi padre—. Tenéis que recorrer vuestro propio camino.

Mariví nos cepilló y nos dejó relucientes.

—¡Portaos bien! —nos dijo—. Esta tarde van a venir unas personas muy amables que están interesadas en adoptaros. ¡Sed buenos!

A las cinco de la tarde llegaron los primeros.

Llamaron al timbre y Mariví atravesó corriendo el pasillo para abrir la puerta de la entrada.

Era una pareja joven: una mujer con el pelo rubio y rizado y un hombre alto con una barba muy negra.

Nada más vernos, se pusieron como locos.

—¡Pero qué bonitos son!

Mis hermanos y yo hicimos lo propio. Comenzamos a jugar con ellos, a poner caras de angelitos y a retozar alrededor de sus pies.

La chica cogió a mi hermana Leticia y le dio un beso en la frente.

—¡Es una preciosidad! —exclamó.

Yo intenté llamar su atención, pero nada. Ni me miraron.

Diez minutos más tarde, llegó el siguiente interesado.

Era un señor muy mayor que caminaba apoyándose en un bastón. Sin duda, debían de gustarle mucho los gatos, porque la empuñadura de su bastón tenía tallada la cabeza de un gato.

—¡Ya se han llevado a uno! —le informó Mariví—. Solo quedan estos tres de aquí.

Mi madre me dio una palmadita en la espalda.

—¡Venga, ve! —me apremió—. Este hombre tiene cara de ser muy bueno. ¡Te cuidará muy bien!

Y una vez más, mis hermanos y yo comenzamos hacer todas las monerías que sabíamos.

Yo lo di todo: retocé, puse caritas, me puse a dos patas, bailé… ¡Y hasta di una voltereta!

Pero todo fue en vano.

El hombre ni me miró. Se fijó en mis hermanos Rubén y Carlos.

—¡Me encantan estos dos! —dijo el señor—. Me los llevo.

Mariví se puso muy contenta.

Ya solo quedábamos mi hermana Ana y yo.

Mis padres nos lavaron para que estuviéramos más guapos todavía.

—¡Venga, chicos! —nos dijo mi mami entre lametazos—. A ver si os adoptan los siguientes.

Transcurrida una hora, volvieron a llamar al timbre.

Por la puerta apareció una mujer de unos cuarenta años.

Esta vez, no tuve oportunidad ni de hacer el número de la voltereta porque, nada más vernos, tomó en brazos a mi hermana Ana.

—¡Me encanta esta gata! —dijo mientras le plantaba un beso en la frente.

—¿No te quieres llevar también a Alfredo? — le preguntó Mariví, señalándome—. Ya se han llevado a todos los gatos… Solo queda él… Y se lleva muy bien con su hermana… Sería una pena separarlos…

La mujer ni lo pensó.

—¡No me gustan los gatos negros! —aseguró.

Aquellas palabras me rompieron el corazón.

Me entraron ganas de llorar y fui corriendo al lado de mis padres.

—¡Es verdad! —dije, sin poder creerlo—. ¡Teníais razón! A la gente no les gustan los gatos negros.

Mis padres guardaron silencio.

—No te pongas así, mi pequeñín —me animó mi padre—. ¡Verás como aparece alguien interesado en ti!

Pero las horas pasaron y el timbre no volvió a sonar.

Yo permanecí todo el tiempo con la mirada clavada en la puerta de entrada, deseando que viniera alguien para adoptarme.

—Es muy tarde, Alfredo —me dijo mi madre—. Vamos a cenar…

Y justo cuando me disponía a dar media vuelta, justo cuando todas mis esperanzas parecían llegar a su fin, el timbre volvió a sonar.

Yo me puse como loco.

Y Mariví también.

Apareció un hombre, una mujer y una niña de unos siete u ocho años.

—Ya se han llevado todo todos los gatos —les explicó Mariví—. Solo queda este.

Y me señaló.

La niña se abalanzó sobre mí, me tomó y empezó a acariciarme, a decirme cosas bonitas y a darme besos. Pero a sus padres no les hice mucha gracia.

—¿Puedo quedármelo, por favor? —les dijo la niña a sus padres—. ¿Puedo, puedo, puedo, puedo, puedo?

Sus padres se miraron y, tras unos segundos incómodos, dijeron:

—¡Pero es un gato negro!

—¡A mí me gusta! —protestó la niña.

—No sé, Mercedes —le dijo su madre, dubitativa—. Los gatos negros dan mala suerte… Son de mal augurio.

—¡Eso no es verdad! —la niña no estaba dispuesta a soltarme—. ¡Este pequeño es una monada! ¡Parece una pantera en miniatura!

Sus padres volvieron a intercambiar una mirada fría y llena de dudas.

—Hija, ¿y si adoptamos otro? —adujo su padre—. Uno que no sea tan… tan negro.

—¡No! —la niña me dio un beso en la coronilla—. ¡Yo quiero este!

Estuvieron discutiendo casi media hora pero, finalmente, ¡terminaron por adoptarme!

Capítulo 4

La niña se llamaba Mercedes y se convirtió en mi nueva dueña y en mi mejor amiga.

Mercedes era bajita, tenía la cara salpicada de pecas y el pelo casi tan negro como el mío. Tal vez por eso nos entendíamos tan bien.

Mercedes era la mejor.

Veíamos juntos la tele, me daba de comer a todas horas, me acariciaba y jugaba conmigo continuamente… ¡Y hasta me dejaba dormir con ella en la cama!

Mercedes fue la que me enseñó las virtudes de ser un gato negro.

—¡No te creas eso que dijeron mis padres! —me comentó, mientras veíamos un capítulo de Bob Esponja—. Eso de que los gatos negros dan mala suerte es una chorrada, es una superstición muy tonta.

Comencé a ronronear.

—Hay incluso personas que piensan que los gatos negros están relacionados con la brujería. —Mercedes comenzó a reír—. ¡Pero si las brujas no existen!

Capítulo 5

Por las noches, cuando mi dueña caía rendida al sueño, a mí me gustaba salir a pasear.

Para ello, lo único que tenía que hacer era salir por la ventana y dar un salto al tejado.

Así hice un montón de amigos. Y es que resulta que los vecinos de Mercedes también tenían gatos.

Conocí a Nicolás, un gato atigrado con rayas blancas y verdes; a Julio, un gato marrón claro, y a Blanca, una gata tan blanca como la nieve.

Juntos, hacíamos carreras, trepábamos a los árboles y, sobre todo, jugábamos al escondite.

—Diez… nueve… ocho… siete…

Mientras Nicolás contaba, el resto aprovechamos para escondernos.

Julio se escondió debajo de un arbusto y Blanca se subió a la rama de un árbol. Yo, por el contrario, me subí al tejado.

—Tres… dos… uno… ¡YA!

Nicolás comenzó a buscarnos.

—¡Julio, te estoy viendo! —dijo, riéndose—. ¡Te veo el rabo asomar entre las hojas! ¡Pillado!

Julio comenzó a reír también y, juntos, buscaron a Blanca.

Mi amiga había escogido un buen escondite, pero su pelo blanco la delató.

—¡Te veo, Blanca! —voceó Nicolás—. ¡Estás en la rama del árbol!

Blanca bajó y se sumó al grupo. Los tres, comenzaron a buscarme.

—Alfredo, ¿dónde estás? ¡Te vamos a encontrar!

Mis amigos buscaron, buscaron y rebuscaron, pero no me veían.

—¡Tiene que estar en el tejado! —dedujo Blanca, tras rebuscar por toda la calle!

Los tres dieron un salto y comenzaron a rondar por el tejado.

Era una noche muy oscura, así que apenas disponíamos de luz… ¡Y eso me beneficiaba!

De hecho, mis amigos pasaron justo a mi lado y no me vieron.

Fue en ese momento cuando comprendí que la oscuridad me camuflaba hasta volverme casi invisible.

—¿Alfredo? —Nicolás buscó debajo de todas las tejas y hasta miró en el interior de una chimenea.

Yo lo observé todo, esforzándome por no estallar en carcajadas.

Sigiloso, di un salto y me encaminé hacia mis amigos.

—¿Dónde se habrá metido? —preguntó Julio.

Deposité mi cara junto a las suyas y les dije:

—¡Buuuuuu!

Casi se mueren del susto, pero rápidamente comenzamos a reír.

Mis amigos me felicitaron.

—Siempre ganas al escondite —me dijeron—. ¡Qué suerte ser un gato negro!

Capítulo 6

A la mañana siguiente, Mercedes decidió salir a pasear conmigo. Para ello, me puso un collar.

Sinceramente, a los gatos no nos gustan que nos aten, pero como Mercedes se portaba siempre tan bien conmigo, me tragué mi orgullo y consentí que me atara como si fuera un perro. Esperé tumbado en la cama a que escogiera su ropa.

—Te voy a presentar a mis amigas —me informó—, así que los dos tenemos que estar guapos.

Yo comencé a asearme tras las orejas. Sé lo importante que es causar una buena impresión.

—A ver, a ver… —dijo, comenzando a sacar ropa de su armario—. ¿Qué me pongo?

Sacó varios pantalones vaqueros, un montón de vestidos y cientos de camisas. Todas las prendas las lanzaba a la cama, así que quedé oculto bajo todo aquel montón de ropa.

Mercedes se puso un poco nerviosa porque, al parecer, no había nada que la convenciera.

—¡No sé qué ponerme! —me dijo—. Tengo que buscar algo que quede bien con el negro.

Yo asomé la cabeza entre la ropa y decidí echarle una pata. Con la boca, seleccioné una camisa negra y unos pantalones rojos.

A Mercedes se le iluminó la mirada.

—¡Tienes razón! —me dijo, volviendo a

sonreír—. Puedo vestirme como quiera porque el negro combina con todo.

Se vistió en un periquete y me tomó en brazos.

Contemplamos nuestro reflejo en el espejo de la habitación.

—¡Estamos genial! —aseguró—. ¡Qué suerte que seas un gato negro!

Capítulo 7

Las amigas de Mercedes nos esperaban en el parque, sentadas en un banco bajo la fresca sombra de un inmenso árbol.

Yo no me acababa de acostumbrar a eso de llevar collar, pero la verdad es que iba muy cómodo. Mercedes me llevaba em brazos y yo lo observaba todo con sumo interés.

Cuando las amigas de Mercedes nos vieron llegar, se apresuraron a acariciarme.

—¡Qué mono! —decían todas, acariciándome una y otra vez—. ¡Qué ricura!

Nos sentamos todos en el banco.

—¡Es el mejor gato del mundo! —les dijo Mercedes—. Ha venido todo el camino tomado, y se ha portado genial.

—¿Y le ha dado el sol? —le preguntó su amiga Valeria, un tanto preocupada—. Es que yo tengo un gato que no puede tomar el sol. Tiene problemas de piel.

Mercedes comenzó a reír.

—¡A mi gato le puede dar el sol sin problema! Como es negro, es más resistente.

Todas se sorprendieron.

—¡Es precioso! —continuó Valeria—. El color de su pelo es igualito al del chocolate negro.

La otra niña se llamaba Irene y se mostró de acuerdo con Valeria.

—Cuando lo acaricies, puedes imaginar que es de dulce y delicioso chocolate… ¡Qué suerte tener un gato negro!

Capítulo 8

De vuelta a casa, Mercedes decidió tomar un trozo de tarta.

Resulta que había una pastelería justo al lado de nuestra casa, así que, al pasar frente a su puerta, nos invadió un suculento e irresistible olor a pastelitos calientes.

—¡Se me hace la boca agua!

Mercedes observó tras el cristal del escaparate la infinidad de dulces que había.

—Pero no podemos pasar —se lamentó—. No se admiten animales…

Mercedes se disponía a volver a casa cuando, justo en ese momento, tuvo una idea.

—Mi camisa es negra… y tú eres negro… Si paso contigo, seguro que no te ven…

Y así hizo. Me tomó en brazos y el color de mi pelo se fundió con el de su camisa. Una vez más, me volví casi invisible.

La pastelería estaba repleta de gente.

Mercedes se pidió un batido de chocolate, una tarta de fresa y unas crujientes galletitas.

Estuvimos ahí sentados durante un buen rato y nadie se fijó en mí.

Mercedes me acarició y me susurró al oído:

—¡Qué suerte que seas un gato negro!

FIN

Gracias por leer este libro.

Si te ha gustado, no olvides dejar tu opinión en Amazon. Solo te llevará unos minutos y servirá para que potenciales lectores sepan qué pueden esperar de esta obra.

Muchas gracias.

Descubre todos los libros de Antonio Pérez Hernández en

www.aphernandez.com

Made in the USA
Columbia, SC
07 December 2024

48691121R00024